シリーズ自句自解Ⅱ　ベスト100

JikuJikai series 2 Best 100 of Noriko Mutoh

武藤紀子

ふらんす堂

目次

自句自解 4
私の俳句の作り方 204
初句索引 212

シリーズ自句自解Ⅱベスト100　武藤紀子

飯盒・背嚢・毛布・靴・冬の雨

1

父が戦争から帰ってきて私が生まれた。

この句はシベリアの匂いがする。香月泰男の「シベリア・シリーズ」から作ったようにみえる。

しかし、実際にはこの句は「よこはま・たそがれ」の歌から影響を受けて作った。

言葉を重ねてイメージを作る山口洋子の歌詞が大好きだった。

（『円座』平成三年）

みづうみを翁とおもふ夏雀

2

「夏雀」という言葉を、一度は季語として使ってみたかった。強引なのは承知の上だ。

「晨」の大会で彦根に行ったとき、琵琶湖を見た。この湖はなんでも経験し、なんでも知っている老人のようだと思った。芭蕉のこともちらっと考えた。

そうだ、この句に夏雀をつけよう。

集って来る我らは、みんな雀だもの。（『円座』平成四年）

炭斗の図にこれほどの余白とは

3

炭斗を描いた絵などはなかった。

日本画のことを考えていた。西洋の絵と一番違うところは余白だ。何も描かれていない白い空間。

俳句にもこの余白が絶対必要だと考えた。

その時、眼前に炭斗があったのかもしれない。

（『円座』平成四年）

蕗を煮る柱時計の音の中

4

長

谷川櫂主宰の「古志」に創刊号から入会した。

二号目の巻頭になった句。

え、こんな句でいいのと正直思った。

それでも少しは苦労した句だ。はじめは見た通りの「アスパラを煮る」だったのだから。


（『円座』平成五年）

山かけて赤松つづく円座かな

5

飴山實先生と長谷川櫂さん達とで岡山へ吟行へ行った時の句。お堂の縁側に坐ってぼんやり二本の楷の木を見ていた。縁側には沢山の円座が干してあった。飴山先生の特選となった時、一緒に行った渡辺純枝さんが「これは代表句になるよ」と言った。代表句かは知らないが、「円座」は句集名となり結社名となった。

（『円座』平成五年）

父と子の竹馬づくり　鞍馬川

6

京都北山の芹生《せりょう》での作。隣家に作りたての竹馬が並べて立てかけてあった。芹生の里は貴船の奥にある。

句会に「鞍馬川」で出したが、誰かに「これつき過ぎじゃない」と言われて「貴船川」で句集にのせた。

しかしふらんす堂刊『武藤紀子句集』を編んだ時、元に戻した。貴船川では句にならない。「灰屋川」が実際の川の名。

（『円座』平成五年）

あるときは月に掛けたり柚子梯子

7

京都の水尾は柚子の産地。愛宕山に登る入口でもある。
山あいの渓流の音のする暗い部落だ。
柚子をもぐための梯子がどの木にも立てかけてあった。
童話の挿絵を見ているようで大好きな句。

（『円座』平成五年）

山吹に鯨の海の流れをり

8

宇

佐美魚目先生が添削された数少ない句のひとつ。

はじめどんな句だったか忘れた。山吹と鯨は初めからあったような気がする。添削後「これでいい」と先生はごきげんだったが、私にはどう良いのか今でもまだわからない句だ。

（『円座』平成六年）

花冷や筏の上る隅田川

9

江東区の芭蕉記念館は、隅田川と小名木川のぶつかる辺りにある。庭に芭蕉堂があり、そこからは隅田川を望むことができる。

ある春の夕暮れ、大小さまざまの船が隅田川を行き交うのを眺めていた。

芭蕉のいた江戸時代もこうだったのだろう。

（『朱夏』平成六年）

住吉の松の下こそ涼しけれ

10

住吉神社は海の神様を祀る。『源氏物語』では明石の君の守り神である。日本中の海のそばに住吉社はあるが、掲句は桑名の七里の渡しのそばにある小さな住吉社。

飴山實先生や長谷川櫂さんとの「京都句会」の吟行だった。後に句集名に「住吉」としたいと相談したら、櫂さんに「神の名を句集名にしてはいけません」と言われてあきらめた。

（『朱夏』平成七年）

地獄絵の女は白し秋の風

11

お堂の裏へ廻ると、壁いっぱいに地獄絵が描かれていた。真紅の炎がめらめらと立ち、地獄の責め苦を受けている人間達がいた。髪をふり乱した白衣の女が多い。

「地獄絵の女は白し秋の蝉」と作って出したら、「秋」と「白」はつき過ぎと言われた。どうせつき過ぎなら、思いきってべたにつけようと思い、「地獄絵の女は白し秋の風」として句集に入れた。

（『朱夏』平成八年）

熱燗や小さき真砂女そこにゐる

12

「卯波」へは当時「俳句研究」の編集長だった赤塚さんに連れて行ってもらった。「ここが波郷の椅子だよ」と坐らせてもらった。

鈴木真砂女さんとお話をさせてもらった。生まれ在所の房州のお話だった。

すっかり興奮して、帰りの新幹線の中で十句ほど、たちどころに作った。

房州の秋の汐入る井戸のこと

（『朱夏』平成八年）

うに割るや波が波追ふ白きもの

13

ちょっと魚目風の句を作ってみたかった。「海胆」を「うに」と書くところ、「波が波追ふ」という言葉、「白きもの」が全て魚目風だ。なんだかさっぱりわからないけれど感覚的に好きだし「白」が効いている。女達が車座になってうにを割っているところなど見たこともなかった。

一から十まで頭の中で作った、私としては珍しい句。先生の真似をしたい時があるのだ。

（『朱夏』平成八年）

反古焚いて荷風先生冬籠

14

永井荷風の作品は好きで、ほとんど読んでいる。荷風の人物は好きになれない。自分勝手で、とくに女に対して態度が悪すぎる。

荷風というと「偏奇館」にこもって一人焚火をしている景がなぜか目に浮かぶ。その焚火の火がどんどん大きくなって「偏奇館」を包んでいるような景が浮かぶ。

（『朱夏』平成八年）

下京や板に貼りたる河豚の鰭

15

父の転勤で高校二年の時東京から京都へ移った。それから結婚して名古屋に移るまでの約十年を京都に住んだ。家は左京区にあったので、上京や下京、右京区はほとんど知らない。ある時、祇園の南でこんな景を見た。

芭蕉の直したという「下京や雪つむ上の夜の雪」という凡兆の句をふと思い出した。

（『朱夏』平成八年）

青き葉を一枚拾ふ墓参かな

16

「周防・画家香月泰男先生の墓参」と前書がある句。

魚目先生は香月に心酔しておられた。「シベリア・シリーズ」の絵も買われた。香月泰男の奥様を紹介して頂いて、周防の香月家を訪ねる旅をした。渡辺純枝さんと二人の旅。香月先生のお墓の前で、純枝さんが般若心経を唱えた。拾った青い葉は、香月家の門前にある大きな「豆の木」の葉だった。香月がシベリアから種を持ち帰って、根付いた「豆の木」だった。

（『朱夏』平成九年）

若布刈鎌をかざしてすすみけり

17

渥美半島の先端、伊良湖岬は「椰子の実」が流れついたところ。名古屋からは遠く、鳥羽から船で神島をかすめて行くのだ。白い灯台の下を吟行していると、二、三人の海女さんが白衣に身を包み、若布刈の鎌を片手に掲げて海へ入ってゆくところだった。はじめて見る景だった。

芭蕉が流された杜国を訪ねて鷹を一つみつけた場所だ。

（『朱夏』平成十年）

須磨寺や落葉の籠に潮汲まん

18

『源氏物語』を五回は読んだ。須磨に吟行した時、ここは「源氏」のゆかりだけではなく、能「松風」のゆかりの地でもあることを知った。

「松風」「村雨」の潮汲みの桶と、落葉籠とがオーバーラップして生まれた句だ。

「夢も跡なく夜も明けて、村雨と聞きしもけさ見れば、松風ばかりや残るらん、松風ばかりや残るらん」。


（『朱夏』平成十年）

さかさまの世界地図買ひ月涼し

19

「飴山實と行くニュージーランド俳句の旅」に参加した。南半球に行ったのははじめてだった。そこで買った地図は、当然南半球が上で、日本などどこにあるかわからない。飴山先生は治療中で、日本から泊るホテルにあてて薬液を運ばせ、ご自分で注射されていた。万一、薬が届かなかったら死んでしまうんだと笑っておられた。

（『朱夏』平成十一年）

古稀は春風還暦は春北風

20

還暦を迎え、胸懐を詠んだといえばきこえがいいが、やはり齢はとってみなければわからないものだ。

古稀に近づいてきた今日この頃では、とても「春風」とは言えない。

（『百千鳥』平成二十一年）

存在《ザイン》としての灰色の鶯を

21

私が俳句を作るのは主に吟行で、私が作る句はほぼ写生の句だ。わけのわからないこの句も、設楽《したら》の山中で川を横切って飛ぶ鳥を見て作った。ただし、その時は「存在《ザイン》」という言葉にこだわっていた。私の俳句の相棒に中村雅樹という独逸哲学者がいる。私は大学の時第二外国語で独逸語を学んだが、何ひとつ覚えていず、ただこの言葉が意識に残っていた。雅樹君に負けないよう「存在《ザイン》」で名句を作ろうと思っていたのだ。そこに名も知らぬ鳥が眼前を横切った。「鶯だ」。咄嗟に決めて五秒で作った句。

（『百千鳥』平成二十二年）

息吐いて息吸うてをり古ひひな

22

俳人は三月三日が近づくと雛人形に神経が集中する。毎年なんとか新しい雛の句を詠もうと奮い立つ。しかし古くから詠みつがれてきた雛の句に、新しい発見の句はそう簡単に達成できるものではない。そういう意味ではこの句も新しいものかどうか自信がない。

（『百千鳥』平成二十二年）

籐椅子と柳田國男全集と

23

母や子や夫のことはほとんど俳句に詠まないが、父のことはよく句にする。女の子にはエディプス・コンプレックスがあるのだ。

ずらりと並んだ柳田國男全集がまぶしくて、ときどき手に取るのだが、子供の私には難しくて手におえなかった。今から思うと、はたして父も読んでいたかあやしい。

（『百千鳥』平成二十二年）

箱庭の小さな人とあそびたし

24

「箱庭」が俳句の季語であると聞いたのも実物を見たのもずいぶん後になってからだ。本物らしく茅葺きの家や植木、垣根に囲まれて、小さな村人や子供達がいた。

江戸時代の農家に生まれたら、こんな生活だったのだろうか。「おしん」みたいな悲惨な人生をおくったのだろうか。

（『百千鳥』平成十六年）

青芭蕉あれは寿永の頃のこと

25

同志社大学の学生だった頃、金剛流のお仕舞を習っていた。夏になると能楽堂で「お風入れ」を見たり、着物を着て人間国宝の先生の鼓や太鼓の演奏をバックに、おさらい会をしたりした。平家物語を題材にした能が多かった。魚目先生がこの句を気に入って、色紙に書いて欲しいとおっしゃった。驚愕してお断りをした覚えがある。

（『百千鳥』平成十八年）

日雷古き畳に響きけり

26

俳句をはじめて、たくさんの知らない言葉に出会えた。「日雷」もそのひとつ。木曾山中の古い宿屋。だいぶくたびれた畳。黒くすすけた板戸。薄い座布団。窓からのうぜんかずらの花がちらりと覗く。

（『百千鳥』平成二十年）

晩夏光内田裕也の髪照らす

27

青学時代の友人の軽井沢の別荘に泊らせてもらった。

夏の音楽祭の帰り道、内田裕也に声をかけられた。純白のスーツ、真っ白な髪、やくざの親分に貰ったという仕込み杖の銀色の馬の顔の握りがまぶしかった。

話がはずんでなぜか晩ご飯をご馳走してもらった。昔超美人だった友人、そこそこ美人の娘、それなりの妹と私。後日、どうして聞きだしたのか、娘のケータイに内田裕也から電話がかかってきたという。


（『百千鳥』平成十九年）

師と弟子の間に桃の置かれあり

28

皆で魚目先生の家へ手土産に桃を持参しただけのことなのに、こう詠むといわくありげだ。俳句の持つ、魔法の力を感じる。
暗い板の間にぽつんと置かれた金色の桃は、いったい何を象徴しているのだろう。

（『百千鳥』平成二十一年）

鳶老いて大いなる顔秋の風

29

近江の堅田の居初氏の屋敷内に天然図画亭という古い茶室が残っている。居初氏は琵琶湖の水運に関わったとも、海賊の末裔ともいわれている旧家だ。その門前の大きな木に、大きな鳶の巣がある。なんと、大きな鳶がその巣にいて、目が合ったのだ。

（『百千鳥』平成十六年）

フランスの国のかたちの枯葉かな

30

「古志」青年部句会に呼ばれて鎌倉へ行った。私も句を出して下さいと言われ、用意していなかったのであせった。昼食のレストランの壁に葡萄酒の大きなポスターが貼ってあった。葡萄の葉の絵も描かれていた。「フランスの国のかたちの葡萄の葉」としたが季語がない。「枯葉」というシャンソンが浮かび、「葡萄の葉」という言葉がはずせたのがよかった。

（『百千鳥』平成二十一年）

木の葉髪シベリアのこと少しいふ

31

香月泰男のシベリア抑留の話は、よく魚目先生から聞いた。父は中国へ行ったが、父の弟はシベリアへ連れていかれて「アカ」になって帰ってきたと大騒動だったそうだ。しばらくは家から外へ出られなかったという。

シベリアのことは、そう軽く話せることではなかったようだ。死ぬ程の思いを皆したのに。

（『百千鳥』平成二十一年）

一の松二の松雪吊の解かれ

32

雪深い地方では、大木だけでなく小さな植木にまで雪囲いがされている。金沢の古い宿に泊った。立派な能舞台を持つ老舗の宿だ。すべてが立派で、橋掛りにはちゃんと一の松・二の松が植わっていて、雪吊がほどこされていた。俳句がたくさん作れそうな、趣のある宿だった。

（『百千鳥』平成十八年）

松平なにがしといひ桜守

33

豊田市の松平郷はよく吟行に出かける。徳川家の発祥の地という。神社の裏には葵を育てているし、献上の氷を採るという池もある。あそこで耕している人も、杖を突いて歩いている人も、みんな松平様なのだろうか。

（『百千鳥』平成二十年）

西行を追ひ逃水を追ふごとし

34

ある時期「西行さん」に凝ったことがある。図書館に通い大量の「西行」関係の本を読んだ。なぜ「西行」の名が後世まで残ったのか。なぜ「芭蕉」は「西行」を慕ったのか。いろいろな本を読めば読む程、迷路に入り込んだように「西行像」がちりぢりばらばらになってしまった。

「西行とは何者か」は、とうとうわからず仕舞だった。

（『百千鳥』平成十九年）

時雨忌の海に人ゐる材木座

35

時

雨忌は芭蕉の忌日なので、いかにも俳句らしいものをとり合わせることが多い。ある時「古志」の会で、鎌倉の海に面したレストランにいた。寒い頃なのに、冬の海には何人ものサーファーが波にもまれていた。ちょうどその日は時雨忌。現代の鎌倉のこの眼前の景をとり合わせたら、お洒落な俳句になるのではと考えた。

（『百千鳥』平成二十一年）

八月の空港にある匂ひかな

36

子宮癌の手術の後、毎年夏に娘とヨーロッパ旅行をしてきた。もう十二、三回になる。
この空港はフランスのシャルル・ド・ゴール空港。真夏だったせいか、香水や香辛料が混じったような、きつい匂いがした。やっぱりフランスに来たんだと思った。

（『百千鳥』平成二十一年）

青き馬たづさへて年歩み去る

37

『百千鳥』という句集は、章立てとして幾つかの項目を作って句をまとめた。春夏秋冬という章の他に、雪・月・花・恋などで、最後は存問という項目にした。その一句目がこの句で、田中裕明さんを悼む句である。

十二月三十日に逝かれた。

（『百千鳥』平成十七年）

霜枯に中将の面はづしけり

38

川崎展宏先生を悼む句。

神楽坂の「貂」の句会に何度かお邪魔した。「中将」という題で川崎展宏論を書かせてもらった。能の「在五中将」の面影を感じたからだ。

飴山實先生といい、展宏先生といい、魚目先生がお好きな先生達に実際師事することができた運命を、不思議なものだと思い返している。

（『百千鳥』平成二十二年）

娘の持ちかへる春《しゆん》聯《れん》を貼りにけり

39

一人娘は高校卒業まで名古屋にいたが、大学からは神戸で一人暮らしをはじめ、博士課程を修了後、台湾に渡り大学の先生をしていた。むこうは「春節」が正月休みで、赤いひらひらした春聯を土産に持ち帰り、我が家の玄関に貼ってくれた。

（『百千鳥』平成二十年）

母校でて道玄坂の薄暑かな

40

せっかく青山学院中等部へ入学できたのに、高等部二年の時父の転勤で京都に転居してしまった。「古志」の会が青学の向いのビルであったので、四十年ぶりに母校に立ち寄ってみた。懐かしい教会、ぶ厚い講壇聖書。ペギー葉山の「学生時代」の歌碑があるのには驚いた。

（『百千鳥』平成二十二年）

母います頃の匂ひやふぢばかま

41

母は七十歳で亡くなった。

祖母や叔母など母方の女性は、全員肝硬変で六十代で亡くなっていて、母がその中では一番長生きだった。私ももうすぐ七十歳になる。

ふじばかまは別名香水蘭といい、匂い袋に使われるほどよい香りがする。花ことばは「優しい思い出」。

（『百千鳥』平成二十一年）

いなびかり北上川もひかりけり

42

「古志」の岩手支部発足の句会に出席した。ほんとうはそれを口実に「遠野」へ行きたかったのだ。出句した時「稲光り北上川もひかりけり」だった。稲が実って黄金色に輝いていた。披講者が「いなびかり」とよみ、長谷川櫂主宰の特選に入った。

棚からぼた餅かしら。

（『百千鳥』平成二十一年）

完璧な椿生きてゐてよかつた

43

「子宮癌手術より五年」の前書がある。

いったいどこで見た椿だろう。吟行会で、見たとたんこのままの形で句帳に書いた。あんまり簡単にできたし「生きてゐてよかつた」はありふれたフレーズで、俳句としてどうかしらと思った。でも実感だしまあいいかと軽い気持ちで出句したのだ。

だんだん句に重みが出てきて、不思議な心もちだ。

（『百千鳥』平成十七年）

富士山の雪の色して志《こころざし》

44

毎月東京の超結社の句会に行くたびに、新幹線の窓から富士山を見るのを楽しみにしている。冬は見える日が多いが、その他の季節はなかなか見ることができない。「円座」の創刊号になにか決意のようなものを表わす句がないかしらと考えてすぐにできた句である。主宰十句の巻頭にあげ、第四句集『冬干潟』の巻頭となった句だ。

（『冬干潟』平成二十三年）

寒ければ鯉のひらたくなりにけり

45

ある冷たくて寒い冬の日、岐阜の山寺での吟行。庭の小さな池で鯉を見た。黒い鯉は動かずに、べったりとした感じで池の底に沈んでいた。まるで「ひらめ」みたいだわと思った。

（『冬干潟』平成二十三年）

冬の海の如き男でありたしよ

46

この「男」はもちろん私のことだ。別に男性になりたいわけでもないし、男として生まれたらよかったとも思ってはいない。ただ「冬の海の如き女」はあり得ないので「冬の海の如き男」のような女でありたいと思っただけだ。

（『冬干潟』平成二十三年）

髫髪《うなゐ》子《ご》にくれなゐの頬冬干潟

47

「冬干潟」という言葉から作った句。冬の干潟は暗く淋しそうなので、ほんのりあかい、あたたかい少女を登場させてみたかったのだ。「冬干潟」「髫髪松」「髫髪子」の順で連想ゲームのように少女が浮かんだ。干潟にたたずみ、遠くの海を見ている少女。

（『冬干潟』平成二十三年）

かげろふに消ゆ上人と鹿杖と

48

昔から京都六波羅蜜寺の空也上人の像が気になっていた。口から小さな仏様の行列を吐き出している上人である。手にした杖は鹿の角を頭部につけたもの。あんな杖が欲しい。かげろうから現れてかげろうへ消えてゆく上人に仕立てた。

（『冬干潟』平成二十三年）

寝物語りに帚木のことすこし

49

昔から帚草が好きだった。とても美しい色をしている。緑色のときも赤くなってからも美しい。

どこか懐かしい感じがするのは「はは」という言葉が使われているからだろうか。

「寝物語の里」という地名を持つ村で、この帚木をみつけたのだが。今ではほんとうに帚草を見たのかしらと考える。

（『冬干潟』平成二十三年）

鳶を見し鷹のやうでもありしかな

50

児玉輝代先生を悼む句。はじめてカルチャースクールの俳句教室に入った時の先生だった。「杉」の同人で「角川俳句賞」を受賞されたとは後から知った。俳句の基礎を教わった。「ものをしっかり見て作りなさい」と言われたが、ものを見てどう作るのかさっぱりわからなかった。鳶の句がお得意で「鳶の輝代」といわれていた。亡くなられた後吟行で鳶を見るたびに、ああ先生が見ておられると思ったものだ。(『冬干潟』平成二十四年)

大根を干し魄《たましひ》を干す中庭《パティオ》

51

外国へ旅行して大きな修道院に行くと、よくパティオがある。修道士達が沈思黙考してその回廊を歩くためだ。モンサンミシェルにもコルドバのメスキータにもパティオがある。日本にもあるのかしらとふと考えた。回廊の手すりに大根を干すのかしらと。

（『冬干潟』平成二十四年）

バッハをバッタと聞きぬ水揺れてゐる

52

中日新聞の俳句時評で加藤かな文さんが「この句はこわれかけているのか、いや生まれかけているのだ」と書いて下さった。言葉からくる一瞬の心の揺れと、かたわらのピッチャーの水の揺れ（私は動揺していたのだ）。そして流れていたバッハの重厚な調べなどが一度に私を襲ったので、俳句になると確信したのだ。

（『冬干潟』平成二十四年）

冬が来る大きな鳥のかたちして

53

吟行で句を作る私にとって、鳥は大事な題材である。しかしその割には鳥の名を知らない。私にとって、鳥の種類や名前などはどうでもよいのだ。突然、地を覆うばかりの大きな影を残して鳥が飛び去る。それが大事なことなのだ。

（『冬干潟』平成二十四年）

法然・親鸞・栄西・道元・山眠る

54

京都に十年住んだ私にとって、比叡山は特別な山だ。岩倉の同志社高校の校庭から、毎日真正面に巨大な比叡のお山の全景を眺めることができた。春になると、ケーブルカーに沿って、麓から桜が咲きのぼってゆくのだった。わが国の有名な僧の多くは、このお山で修行をしたのだ。

（『冬干潟』平成二十四年）

水涸れて鳥の匂ひの濃くなりぬ

55

飯田龍太の「鶏捲るべく冬川に出でにけり」の句が潜んでいる。甲州境川村山盧《さんろ》の狐川の岸で鶏の羽根をむしった龍太。この句の「鳥」を「鶏」にしようかと、ずいぶん迷ったものだ。

（『冬干潟』平成二十四年）

よく犬に会ふ日の村の雪解かな

56

この句の鑑賞を矢野景一氏が「円座」に書いて下さった。一句鑑賞の手本のような素晴らしい文章に感心した。俳人はすごい鑑賞能力を持っていると舌を巻いた。原句は「よく犬に会ふ日の雪解部落かな」だった。句集『冬干潟』にのせる時「雪解部落」の言葉が差別用語ではないかと言われて変更した。原句のままにしたかった。

（『冬干潟』平成二十四年）

若木より濃くて老い木の木下闇

57

薄墨桜を少し離れて腰を下ろし、ゆっくり眺める。薄墨桜から根分けして育てた若い桜が、周りにたくさん植わっている。しかし、やはり貫禄が全然違う。桜の木だけではない。桜の木の影さえも、深くて濃い老成の色を持つのだ。

（『冬干潟』平成二十四年）

天牛に神さびし顔寄せにけり

髪切虫に天牛という名のあることを知ったのは、俳句をはじめてずいぶんたってからだ。私は丑歳なので、この名に妙に親近感を持った。気に入って、連句の方では天牛を名乗っている。

（『冬干潟』平成二十四年）

柿本多映曰くけふ雁来賓す

59

ある会で柿本多映さんのお隣りに座った。幾つなのと聞かれた。六十三歳ですと答えると、自分がその年齢の頃は働き盛りだったわよと懐かしそうにおっしゃった。ばりばり働いていましたよと。そうだろうなあと、うらやましく感じた。女性では一番尊敬している人だ。

（『冬干潟』平成二十五年）

雪螢柳の枝を抜けて来る

60

綿虫はなぜか大好きだ。綿虫がそろそろ現れる頃になると、まだ見てもいないのに句にする。

この句は浮世絵を思い浮かべて作った。なよなよとした上﨟の姿。吉原の大門前の柳の下に、たたずんでいる。

（『冬干潟』平成二十五年）

十二月八日ボルサリーノと語る

61

旅先で汽車に乗り合わせた人と話すのが好きだ。

いろいろな人がいて、いろいろな人生がある。

その日は十二月八日。名古屋から桑名へ、いつも近鉄に乗るのに、その日は珍しくJRの短い旅だった。

いつもとは景色が違う。隣りに座ったのは帽子をかぶった男の人だった。短い時間なのにいろんな話ができた。

その後で、ミラノのガレリアの中に、帽子と同じ名前の帽子屋をみつけた。

（『冬干潟』平成二十五年）

綿虫や父と歩きし深大寺

62

転勤族の父について、小学四年生の時仙台から東京へ移った。吉祥寺の社宅住まい。母は体が弱く、住み込みのお手伝いさんがいた。せっかく東京に住むのに、日曜日もどこにも出かけなかった。珍しく深大寺に行った。どんな寺だったのか、そこで何を見たのか全く覚えていない。ただ父と出かけたことしか覚えていない。

（『冬干潟』平成二十五年）

万両は千両よりも濡れてゐる

63

千両よりも万両の方がずっと好きだ。葉の蔭に赤い実が隠れているような感じが好きだ。実の赤い色も、濃くて深くて暗くて密度が高く、濡れているように思えるところが好きなのだ。

（『冬干潟』平成二十五年）

橘の実のつめたさは鳥のため

64

橘の木はそうざらには見ない。しかるべき古い神社などに左近の桜・右近の橘が植わっているとうれしくなる。近付いて橘の実をみつけると興奮する。触って確かめるとひんやりとしている。鳥がしきりに飛び交っている。

（『冬干潟』平成二十五年）

木枯に匂ひありとせば松の

65

木は松が好きだ。花は桜、魚は鯛でなければ。俳句は俗をむねとするとよく聞くが、私は違う。雅の世界を追求したい。

（『冬干潟』平成二十五年）

鹿に手をなめられてゐる虚子忌かな

66

奈良に吟行する時は、いつも鹿の句を作る。ある夕方、奈良公園でたくさんの鹿が同じ方向を見て木の下にうずくまっている景を見た。薄暗がりに、鹿の目だけがきらりと光っていた。私の鹿への、奈良への思いの原点がここにある。

（『冬干潟』平成二十五年）

雪形の鳥の命を惜しみけり

67

雪の残る山を見ると感じるところがある。
雪の白さが一番美しく見えると思う。白という色の持つ神々しさ、純粋さ、清浄さが、あますところなく表現されているからである。

（『冬干潟』平成二十五年）

半分は絵の外にあり望の月

68

日本画である。屏風絵のような大きな画面。秋草が描かれている。絵の右端上部に銀色の月がある。月は紙の端で切れているが、絶対に半月を描いたものではない。満月の一部分を描いたものだ。

俳句もこのように描きたいと切に思った。

（『冬干潟』平成二十五年）

誕生日昔と同じ雪が降り

69

父が野村證券金沢支店に転勤になった時、私が生まれた。昭和二十四年二月十一日のことであった。

三年後福井支店に転勤したのだから、私は金沢のことは何も覚えていない。

「古志」の「雪中句会」が私の誕生日に金沢であったので、出かけた。

懐かしいとは少し違う、不思議な気分だった。

（『冬干潟』平成二十五年）

鳥の目に少年消えし冬干潟

70

最後に魚目先生にお会いした時、珍しくその場で添削して下さった一句。

原句は「鳥の目に少年細し冬干潟」。

二十年ぶりの添削であり、最後の添削であった。

「細し」より「消えし」の方がよいとはおぼろげに思えるが、なぜよいのかは、まだ自分の力ではわからない。

（『冬干潟』平成二十六年）

冬干潟暮れてほのかに白きもの

71

カルチャースクールに入って俳句をはじめた。どうやって句を作るのかさっぱりわからない。有名な芭蕉の句をお手本にしようと考えた。

「海くれて鴨の声ほのかに白し」。これだと思った。現代詩みたい。私の最初の先生は芭蕉だったのだ。

（『冬干潟』平成二十六年）

虚空より神の落とせし龍の玉

冬至の日に伊勢神宮の鳥居の上に朝日が上るのを見に出かけた。早朝まだ暗いうちから寒い中に朝日を待つ。ふと足元に美しい龍の玉をみつけた。句会にこの句を出した時、ただ一人この句をとってくれた人がいた。その人が「この龍の玉は長谷川櫂先生のことだと思った」と言ったのだ。「そうだわ！」とその時私もそう思った。

（『冬干潟』平成二十六年）

少年となりたき少女蘆の角

73

この少女は私のことだろうと思っている人がいるかもしれない。しかし私は男として生まれたかったと思ったことはない。それどころか女として生まれてほんとうにラッキーだと思っている。妻子を養わなくてよいのだもの。

それでもギリシャ神話に出てくるステキな少年なら、ちょっとなってみたかったかも。

（『冬干潟』平成二十六年）

潦《にはたづみ》ひとつ残して雁帰る

74

吟行に出かける日は朝からわくわくする。

今日はいったい何に出会えるのかしらと。

その日、行きの電車の窓から、きらきら光る潦をみつけた。雨上がりの朝のことだ。帰る雁が落としていったものだとふと感じた。まるで雁からの贈り物みたいだわと。

（『冬干潟』平成二十六年）

北国の夜明けの色の鱒を買ふ

75

この句を演歌だと言った人がいた。
「夜明けの色」が演歌だ。
この句こそ貴女の句だと言った人もいた。
そうか、私の俳句の本質は演歌だったのか。

（『冬干潟』平成二十六年）

竹藪も信濃の春と思ひけり

76

「里」の会に出席するため、名古屋から「しなの」に乗って佐久へむかった。信濃の国に入ってすぐ、車窓からちらっと見た竹藪の一瞬の姿。なんでもない写生句。人生の果てに詠んでみたいと思っていたような句。
もう人生の果てなのだろうか。

（『冬干潟』平成二十六年）

密に描けば抽象となる蝸牛

77

自分では絵は描けないが、絵を見るのは大好きだ。絵が描けないから俳句を作っているのかもしれない。

（『冬干潟』平成二十六年）

涼しさのボーヴォワールと歩み来し

78

文学少女だった私は、ありとあらゆる本を読んできた。

その中で一冊あげるとすれば、ボーヴォワールの『娘時代』。サルトルと一緒になるまでの自伝小説だ。

では私のサルトルはいたのだろうか。

(『冬干潟』平成二十六年)

白雨《ゆふだち》のあと鵜の匂ひ濃くなりぬ

79

「しんぶん赤旗」から作品依頼が来た。

思わず「あの共産党のアカハタですか」と電話口で叫んでしまった。文芸欄があるような新聞とは知らなかった。「白雨」の連作をのせてもらった。

（『冬干潟』平成二十六年）

雀より少し大きく更衣

80

自分ではもっとも成功したと思える句。

「更衣」の季語のつけ方が最高だわと自画自賛の句。

もっとも何が言いたいか自分でもわけがわからない句。

季語を取り合わせた句としては、ひょっとして魚目先生を越えたかしらとまで思っている句だ。


（『冬干潟』平成二十六年）

父に投げられし少女期といふ夏

81

「少女期」という言葉が使いたくて作った句。

越村蔵さんが「円座」の一句鑑賞で取り上げて下さった。

「おたく柔道一家なの」と聞かれたこともあった。

私は二人姉妹の姉。父は男の子が欲しかったようだ。

父と喧嘩して投げられた原因は、何かつまらないことだった。布団が敷いてあった。私はおてんばではないがただ大人しい女の子でもなかった。（『冬干潟』平成二十六年）

蛇その他汝にまつはるもの多し

「運河」の藤本安騎生さんを悼む句。
安騎生さんには大変お世話になった。
私だけではない。日本中の俳人がお世話になった。
東吉野村の天好園には何回通ったことだろう。
皆「まむし酒」を飲まされた。

（『冬干潟』平成二十七年）

桐の花咲いて見知らぬ道となり

83

結局、最後はこういう句が残ってゆくのだろうか。
作者の名前は消える。
では作者とは何なんだろう。

（『冬干潟』平成二十七年）

鳶の舞ふ裏山のあり七五三

84

明治・大正時代の七五三の風景のようだ。

だが実景で作った句なのだから、現代の風景なのだ。裏山と鳶しか出てこない割には、しんとした時の流れが感じられる句となった。

（『冬干潟』平成二十七年）

葱よりも白く放心してゐたり

85

香月泰男の「葱」というリトグラフを居間に飾っている。一本の葱が地に横たわり、空には星がまたたいている。「シベリア・シリーズ」と同様の技法で白黒の画面の中、葱の白い部分に僅かに緑色の線が三本入っている。

香月を知らないでこの絵を見た人は皆「これ葱なの？」と聞く。抽象画に近いからだろうか。

（『冬干潟』平成二十七年）

万太郎の寒の蜆のやうな文字

86

『歌行燈』のモデルとなった桑名の料亭「船津屋」の玄関脇に、久保田万太郎の句碑がある。

「かはをそに火をぬすまれてあけやすき」。

はじめてこの句碑を見てから三十年はたつ。さすがに少しずつすり減って、小さな字がますます読みにくくなっている。


（『冬干潟』平成二十七年）

これよりの家族はふたり燕来る

87

一人娘は台湾で大学の先生をしていた。

娘が神戸の大学に入学してから我が家を離れたのだから、もう二十年以上も夫婦二人で暮らしていたのだ。

　このたび結婚して日本に戻ってきてくれて、ほんとうにうれしい。おまけに瑞兆のように燕がガレージに巣作りをはじめ、娘夫婦は我が家の裏に住居を構えてくれたのだ。

（『冬干潟』平成二十七年）

魚はみな素顔で泳ぐチェホフ忌

七月の吟行当番になった。暑いので冷房の効いた水族館で俳句を作ることにした。魚類しかいないから、さぞかし作りにくいだろうとの心配は杞憂に終わった。

（『冬干潟』平成二十七年）

水打つて小鳥を滑り易くする

89

おかしな句だが自分では写生で作ったつもり。こんな句は誰の目にも止まらないと思っていたら、宮坂静生先生が好きな句のひとつにあげて下さった。

（『冬干潟』平成二十七年）

子規の忌の近づくオクラ畑かな

90

この句は何の畑でもそこそこの一句になりそうだ。しかし松山にお住まいの谷さやんさんが、このオクラ畑に太鼓判を押された。それで、他の野菜の畑ではだめであると自信を持つことができた。（『冬干潟』平成二十七年）

こはごはと少女の私茸山

91

私が茸山でこわがっていたのは、茸ではなくて蛇だ。

（『冬干潟』平成二十八年）

須弥壇の上は秋風吹くばかり

92

第一句集『円座』の最後の句は「なにもかも須弥壇の上浮寝鳥」だった。何もわかっていないのにさもわかっているような句を作った。なんとかできないかと作ったこの句を見ると、やはりまだ何もわかっていない。しかも前より下手になっている。二十年以上もたっているのに。

（『冬干潟』平成二十八年）

木枯を恋ひ風狂を恋ひにけり

93

第三句集『百千鳥』の跋文で俳句の相棒の中村雅樹君が私のことを「無頼」と言ってくれた。しかし私は雅樹君を「マサキ」と呼び捨てにするばかりである。

（『冬干潟』平成二十八年）

梛《なぎ》の葉に来てしばらくを冬の蠅

94

木の名前は季語にはならないのに魅力的なものが多い。楡・白樺・松・杉、そして椰。椰は近畿以西の四国、九州の山中に生える。高さは二十メートルにもなる。葉はオリーブ色で卵形、厚く光沢がある。椰の葉は守り袋や鏡の裏に入れて魔除けとした。このなんでもない句が好きだ。

（『冬干潟』平成二十八年）

水鳥をピカソが描けば女なり

95

誰の絵が一番好きかと聞かれたら、やはりピカソだ。ではどの絵と尋ねられると困る。どれも凄いと思うから。ピカソ展を見た次の日、木曽三川公園で吟行があり、水鳥を見た。水鳥はどいつもこいつもみんな女だと思った。ピカソが描く女。（『冬干潟』平成二十八年）

我もひともとの梅の木となりたし

96

あんまりすばらしい満開の老木の梅を見たものだからついこう詠んでしまったが、これは嘘だ。木になりたいとすれば梅の木ではない。

（『冬干潟』平成二十八年）

金泥に舟を描きぬ水ぬるむ

97

ある人に「水ぬるむ」は舟とつき過ぎるのではないかと言われた。たしかに以前の私なら「春の雪」とかつけたかもしれない。しかし今は、金泥の「泥」の字があるかぎり、絶対「水ぬるむ」だと思っている。

（『冬干潟』平成二十八年）

桜貝打ち上げて波帰らざる

98

すごくステキな句にめぐり合うと、その句に触発されて句ができる。この句は「ＮＨＫ俳句」のカラーページで海の写真をバックに私の若布刈の句と並んでのっていた句から触発された。

桜貝わたくしといふ遠流《おんる》かな

井上菜摘子

（『冬干潟』平成二十八年）

たましひをしづかに濡らす緑雨かな

99

「緑雨」という季語があることを知った時、わくわくするような喜びを感じた。この句は実際に吟行で作ったのではないが、私の心の中にまざまざと景が浮かびそれを写生したのだ。

（『冬干潟』平成二十八年）

またも来むあふちの花の咲く頃に

100

第四句集『冬干潟』の最後に置いた句。この句集ではさまざまな俳句の作り方に挑戦してきたが、やはり私は吟行で写生して句を作るんだなあとしみじみ思った句。

『冬干潟』の最後の十句は「花あふち」で作った。

（『冬干潟』平成二十八年）

私の俳句の作り方

一、カルチャー俳句教室

その頃はカルチャー・スクールが大人気だった。料理に習字、写真に編物、英会話にダンス。それこそありとあらゆるものを教えてくれる教室が、あちらこちらにあった。

子供が小学校四年生になって、育児が一段落し、専業主婦の私も、ご多分にもれずカルチャー・スクールに通うことに決めた。近所のママ友と相談して、二人共興味があった「俳句」のお教室に通うことにした。三十七歳の時だった。二人共俳句など作ったこともなかったのである。

最初の日、教室へ一歩入って驚いた。居並ぶ会員の人達が、私の眼にはみんな白髪のおじいさんおばあさんに見えたのだ。今から思えば、せいぜいみんな六十歳代と思われるのに。むこうも驚いたようで「あなた達大学生なの？」と聞かれて目をシロクロさせたのを覚えている。

俳句教室といっても、俳句とは何かとか、どうやって句を作るのかとかは何も教えてもらえなかった。ただ三句ほど俳句を作って持ってゆき、句会をする。皆の互選の後、先生が選句をして、入選句とか特選句が発表され、先生の選評をお聞きする。

先生は児玉輝代というやさしそうな女の人で、森澄雄の「杉」の同人で、角川俳句賞を受賞なさった方だと後になって知った。

「頭で作ろうとしないで、見たもので俳句を作りなさい」といつも言われたが、何を見て、それをどういう風に五七五にするのかはさっぱりわからなかった。

芭蕉の名は知っていたので、本を買ってきて芭蕉の句を読んでみたが、やっぱりどうやって俳句を作るのかはわからなかった。

三句はこしらえて持ってゆかなければならないので、毎日朝と夕方犬の散歩をする時に見た花や鳥や虫などを観察してなんとか三句俳句らしいものを作った。

一緒にはじめた友人は、持ってゆく句が作れないし、句会で先生やら他の皆の選に入らないのが苦になってストレスばかりたまるからやめるわと言って、一ヶ月ももたずに止めてしまった。

私は犬の散歩で作った句を持っていって、誰かの選に入ったり、たまには先生の特選に入ったりするのがうれしくて、月二回のお教室がもの足りないぐらいだった。俳句は自分にむいているんだわと思った。

私はもともと写真が好きだった。ただ不器用で機械に弱くて、自分でカメラで撮影するのは下手だった。現像してみると、自分が撮ったと思っている景とかけはなれたものが写っている。しかたがないので撮るのはあきらめて、人が写した写真を見て満足していた。

俳句は写真みたいだわと思った。はっとしたり、自分が何か感じたりした一瞬の景を、切り取って、カメラのかわりに言葉で写しとればよいのだと思うようになった。

知らないうちに、俳句の骨法を発見し、それを身につけはじめていたのだった。これこそ、児玉先生のいつも言われている「ものを見て作りなさい」だと思った。この俳句の作り方は、今でも続いている。犬は死んでしまってもう散歩にゆくことはないが、吟行というかわりのものが現れて、俳句を作っているのだ。

二、宇佐美魚目と「晨」の時代

二年程カルチャー・スクールに通っている間に、児玉先生の「名古屋杉の会」でも勉強するようになった。そこには岡井省二先生と宇佐美魚目先生も来ておられた。やがて岡井、宇佐美両先生と大峯あきら先生の三人が立ち上げられた「晨」という同人誌ができて、児玉先生も同人の一人となられ、私は投句会員として入れてもらって勉強することとなった。本格的な俳句の世界に入った気がした。

その時、私はカルチャー・スクールの生徒ではなく、誰か先生についてしっかり俳句を学びたいと考えたのである。そのためにはまず先生を選ばなくてはならない。宇佐美魚目、岡井省二、大峯あきらの句集を一冊ずつ買って読んでみた。そして、だんぜん魚目先生だわと思った。もちろん魚目先生の俳句は難しくてよくわからない句が多かったが何かひらめくものがあって魅力的だと思った。この人に師事しようと決めて児玉先生にそのむねを話し、児玉先生の教室を止めて、魚目先生の指導する「朝日カルチャー俳句教室」に入ったのだ。

さて魚目先生だが、児玉先生と違って何も言われなかった。どう作りなさいとかこう作ってはいけませんとか何もない。ただ提出した句をとるかとらないかで教えるというやり方だった。とられなかった句について、どこが悪いからということも一切言われない。「まずいからとらないので、どこがまずいかは自分で考えなさい」ということだった。

ある時魚目先生に呼ばれてこう言われた。「若い人を集めて指導したいのでグループを作って下さい。毎月一回句会をします。句を持ち寄る句会ではなく、吟行句会にして、回り持ちで当番を決めて下さい」。魚目先生に直接指導を受ける「指月会」という会がこうして発足した。魚目先生がいらっしゃらなくなった現在も、この会は続いている。

「指月会」でも魚目先生は教えるというふうではなかった。ご自分も吟行して句を作られた。長い間一緒に吟行できたおかげで、しらずしらず魚目先生から影響を受けることができたと思う。魚目先生の話された言葉を今でも覚えている。「俳句はたとえ真夏の吟行でも、もし自分が鋭くとがった氷柱を感じたのならそれを詠みなさい」。「俳句は横書きに書いてはいけない。瀧の水が真っ直ぐ流れ落ちるように、縦に書かなければいけません」。

三、現俳協の俳句

俳句をはじめてから三十年ばかりの間、私は俳句を主に吟行で作ってきた。家では一切俳句を作らない。どこかへ出かけて、何かを見なければ俳句を作れない。カメラのシャッターをきるように、その時々の感じたものを、言葉のシャッターをきって俳句にしてきた。今思い返せば、初学の児玉先生の影響が大きい。有季定型客観写生だ。

六年前「円座」という結社を作って主宰になった時、これではいけないと考えた。二十年以上前に、魚目先生に「晨」の同人にしてもらった時、「現代俳句協会」の会員にも入れてもらった。ところが、先生は俳人同士のつき合いがお嫌いで、現俳協の会には一切出られなかった。それで私も現俳協の俳句を見たことがなかった。毎月送られてくる「現代俳句」という雑誌も読まずに捨てていた。そこにのってい る俳句が何を言いたいのかさっぱりわからない。おどろおどろしい言葉が並び、季節ごとの自然の移りかわりなどには興味がなさそうだった。言葉から俳句を作り上げてゆくようだと感じた。言葉は大事だが季語など必要ないように感じたのだ。

一番はじめに習った児玉先生の影響で、俳句は有季定型で吟行に出かけて物を見て作るものだと信じていたのだ。しかし主宰となるとそうはいかないのではないか。いろんな人の作るいろんな俳句の選をしなくてはならない。こんな句はわからないではすまされないのではないかと考えた。そこで一大決心をして現俳協の人達の句会に出て勉強してみようと考えついたのだった。

実際にやってみると、そこには豊かな海が拡がっていた。ひとくちに「現俳協の俳句」といっても、さまざまな俳句があるのがわかった。誰でも作れる句ではなく、その人が作る句という個性を大事にすることもわかった。すぐに自分ができるということではないが、何より三十年の経験があるのだ。

今年出した第四句集『冬干潟』は、私の六年間の挑戦のあかしである。これから先、どのような俳句を作ってゆくのか、自分ではまだわからないが、チャレンジの精神を忘れずに、前を向いて進んでゆきたい。

初句索引

あ 行

青き馬……76
青き葉を……34
青芭蕉……52
熱燗や……26
あるときは……16
息吐いて……46
一の松……66
いなびかり……86
魚はみな……178
髫髪子に……96
うに割るや……28

か 行

柿本多映……120
かげろふに……98
完璧な……88
北国の……152
桐の花……168
金泥に……196
木枯に……132
木枯を……188
古稀は春風……42
虚空より……146
木の葉髪……64
娘の持ちかへる……80
これよりの……176
こはごはと……184

さ 行

西行を……70
存在としての……44
さかさまの……40
桜貝……198
寒ければ……92
鹿に手を……134
子規の忌の……182
時雨忌の……72
地獄絵の……24
師と弟子の……58
霜枯に……78
下京や……32
十二月八日……124
須弥壇の……186
少年と……148
涼しさの……158
雀より……162
須磨寺や……38
炭斗の……8
住吉の……22

た 行

大根を……104
竹藪も……154

橘の……130
たましひを……200
誕生日……140
父と子の……14
父に投げられし……164
天牛に……118
籐椅子と……48
鳶老いて……60
鳶の舞ふ……170
鳶を見し……102
鳥の目に……142

な 行

椰の葉に……190
潦……150
葱よりも……172
寝物語りに……100

は 行

箱庭の……50
八月の……74
バッハをバッタと……106
花冷や……20
母います……84
晩夏光……56
飯盒・背嚢・……4
半分は……138
日雷……54
蕗を煮る……10
富士山の……90
冬が来る……108
冬の海の……94
冬干潟……144
フランスの……62
蛇その他……166
法然・親鸞・……110
母校でて……82
反古焚いて……30

ま 行

またも来む……202
松平……68
万太郎の……174
万両は……128
水打つて……180
みづうみを……6
水涸れて……112
水鳥を……192
密に描けば……156

や 行

山かけて……12
山吹に……18
白雨の……160
雪形の……136
雪螢……122
よく犬に……114

わ 行

若木より……116
若布刈……36
綿虫や……126
我もひともとの……194

著者略歴

武藤紀子（むとう・のりこ）

昭和24年石川県生まれ。昭和61年児玉輝代に俳句を学ぶ。昭和63年宇佐美魚目に師事。「晨」同人。平成5年長谷川櫂に兄事。「古志」同人。平成23年「円座」創刊主宰。

句集に『円座』『朱夏』『百千鳥』『冬干潟』『現代俳句文庫武藤紀子句集』。著書に『元禄俳人芳賀一晶と歩く東海道五十三次』。共著に『宇佐美魚目歳時記』『鑑賞女性俳句の世界』。現代俳句協会東海地区理事。日本文藝家協会会員。

現住所　〒467-0047
　　　　愛知県名古屋市瑞穂区日向町3-66-5

発　行　二〇一八年一月二八日　初版発行
著　者　武藤紀子 ©Noriko Muto
発行人　山岡喜美子
発行所　ふらんす堂
〒182－0002　東京都調布市仙川町一―一五―三八―2F
TEL（〇三）三三二六―九〇六一　FAX（〇三）三三二六―六九一九
シリーズ自句自解Ⅱベスト100　武藤紀子
URL http://furansudo.com/　E-mail info@furansudo.com
振　替　〇〇一七〇―一―一八四一七三
装　丁　和　兎
印刷所　日本ハイコム㈱
製本所　三修紙工㈱
定　価＝本体一五〇〇円＋税
ISBN978-4-7814-1035-7 C0095 ¥1500E